AF451581

VENTE DU SAMEDI 11 DÉCEMBRE 1886

HOTEL DROUOT, SALLE N° 4

IMPORTANTE COLLECTION

D'AQUARELLES

MODERNES

Me LÉON TUAL	M. BERNHEIM Jeune
COMMISSAIRE-PRISEUR	EXPERT
56, rue de la Victoire, 56	8, rue Laffitte, 8

PARIS — 1886

HOMO ADDITVS NATVRÆ
IMPROMERE IN MARI

CATALOGUE

DES

AQUARELLES

PAR

L. Émile Adan, Baron, Beaumont, Berne-Bellecour
Bourgoin, Brissot, Chaplin, Detaille
Dupray, Fortuny, Guillemin, Harpignies
Ch. Jacque, Lami, L. Leloir, Luminais, Madou, de Neuville
Ouvrié, Vibert, Voillemot, Worms, Ziem

DONT LA VENTE AURA LIEU

HOTEL DROUOT, SALLE N° 4

Le Samedi 11 Décembre 1886

A TROIS HEURES

M° LÉON TUAL	**M. BERNHEIM jeune**
COMMISSAIRE-PRISEUR	EXPERT
56, rue de la Victoire, 56	8, rue Laffitte, 8

EXPOSITIONS

PUBLIQUE : *Le Vendredi 10 Décembre 1886*

PARTICULIÈRE : *Galerie Bernheim jeune, 8, rue Laffitte*

Les Mercredi 8 et Jeudi 9 Décembre 1886

DE UNE HEURE A CINQ HEURES

PARIS, 1886

Ce Catalogue se distribue à Paris :

Chez Mᵉ LÉON TUAL, commissaire-priseur,

56, rue de la Victoire, 56

Chez M. BERNHEIM jeune, expert,

8, rue Laffitte, 8

CONDITIONS DE LA VENTE

Elle sera faite au comptant.
Les adjudicataires payeront *cinq pour cent* en sus des enchères.

Paris. — Imp. de l'Art. E. Ménard et J. Augry
41, rue de la Victoire, 41

DÉSIGNATION

ADAN

(L. ÉMILE)

1 — *La Toilette.* au fond d'une vasque

Signé à gauche.

BARON

(H)

2 — *Séduction.*

Signé à droite.

BEAUMONT

(E. DE)

3. — *Un Accident.*

Signé à gauche.

BERNE-BELLECOUR

4 — *La Soupe.*

Signé à gauche.

BERNE-BELLECOUR

5 /— *Au bord de l'eau.*

Signé à droite.

BERNE-BELLECOUR

6 — *Un Mobile à la fontaine.*

Signé à droite.

BOURGOIN

7 — *Fleurs.*

Signé à droite.

BRISSOT

8 — *Intérieur de bergerie.*

Signé à droite.

CHAPLIN

9 — *Printemps.*

Signé à gauche.

DETAILLE

(E.)

10 — *Cuirassier.*

Signé à gauche et daté 1880.

DUPRAY

(H.)

11 — *Pendant la revue.*

Signé à droite.

FORTUNY

12 — *Jeune Italienne.*

Vente Fortuny.

GUILLEMIN

13 — *Le Goûter.*

Signé à droite.

HARPIGNIES

14 — *La Mare.*

Signé à gauche.

JACQUE

(CH.)

15 — *La Basse-Cour.*

Signé à droite.

LAMI

(E.)

16 — *Les Châtelaines.*

Signé à droite.

LAMI

(E.)

17 — *Rendez-vous de chasse.*

Signé à gauche du monogramme et daté 1882.

LAMI

(E.)

18 — *La Sérénade.*

Signé à gauche.

LAMI

(E.)

19 — *La Permission de dix heures.*

LAMI

(E.)

20 — *Cavalier Louis XIII.*

LAMI

(E.)

21 — *Jeune femme assise.*

LAMI

(E.)

22 — *Seigneur Louis XIII.*

LAMI

(E.)

23 — *Le Peintre.*

Éventail.

LELOIR

(L.)

24 — *La Fortune.*

Signé à gauche.

LUMINAIS

25 — *Chiens au repos.*

Signé à droite.

MADOU

26 — *Présentation.*

Signé à droite.

NEUVILLE

(A. DE)

27 — *Le Cheval du commandant.*

Signé à gauche et daté 1882.

OUVRIÉ

(JUSTIN)

28 — *Un Village en Suisse.*

Signé à droite et daté 1869.

OUVRIÉ

(JUSTIN)

29 — *Vue de Dordrecht.*

Signé à gauche.

VIBERT

(J. G.)

30 — *Le Musicien.*

Signé à droite.

VOILLEMOT

31 — *Avril.*

Signé à gauche

WORMS

32 — *Un Contrebandier espagnol.*

Signé à droite.

ZIEM

33 — *Le Moulin de la Galette.*

Signé à droite.